vmn

Die Weihnachtsgeschichte op kölsch

üvverdrage
vum Volker Gröbe

Verlag Michaela Naumann

Gesamtherstellung: Danuvia Druckhaus Neuburg GmbH,
86633 Neuburg/Donau

Die Illustrationen sind Holzschnitte aus der
Bilderbibel von Julius Schnorr von Carolsfeld (1860).

2. Auflage, 2000

Die Deutsche Bibliothek – CIP-Einheitsaufnahme
Lucas <Evangelista>:
Die Weihnachtsgeschichte op kölsch / [Evangelist Lukas].
Übersetzt von Volker Gröbe.
[Hrsg. von Walter Sauer]. –
Nidderau : Naumann, 1999
Einheitssacht.: Evangelium <dt., Kölner Mundart>
ISBN 3-933575-22-2

Herausgegeben von Dr. Walter Sauer.

Kostenloses Verlagsprogramm vom
Mundartverlag vmn
Verlag Michaela Naumann
Eicher Str. 4, 61130 Nidderau
Tel. 06187 22122, Fax 06187 24902
im Internet: http://www.mundartverlag.de
eMail: info@mundartverlag.de

Jlöcksillije Kressdääch

Wie der Engel Jabriel däm Marie usenein posementeet hät, wie durch it der Jesus op de Welt kütt

(nohm Lukas 1, 26-38)

Em sechste Mond wood der Engel Jabriel vum Herrjott noh Jaliläa en de Stadt Nazareth bei en Jungfrau jescheck. Die wor enem Mann versproche, dä vum Künning David avstamme dät. Hä heeß Jupp un sei Marie. Der Engel kom bei ehr en et Huus un saht: »Bes jejröß, Marie. Der Här hät dich besondersch jän un es bei deer.«

Die Anred maht et ärch verbasert, un et üvverlaht, wat dä Jroß bedügge sollt. Do sproch der Engel för et: »Do bruchs kein Angs ze han, Marie! Do häs beim Herrjott Jnad jefunge. Do wees e Kind ungerm Hätze drage un ene Son op de Welt brenge. Däm solls de dä Name Jesus jevve. Hä weed ens ne Jroße sin un Son vum Hühkste jenannt wäde. Jott der Här weed im et Rejalt vun singem Vörfahre David üvverdrage. Hä weed en alle Zigge Künning sin üvver dat Huus Jakob, un si Rejalt weed kei Engk han.«

Do saht et Marie för dä Engel: »Wie soll dat jon, wo ich doch noch jar nix met enem Mann ze dun hatt?« Un der Engel dät im antwoode: »Der Hellije Jeis un de Kraff vum Hühkste wäden üvver dich kumme. Doröm weed och dat Hellije, wat do jebore weed, Son Joddes jerofe. Och et Elsbeth, ding Verwandte, kritt en singem Alder noch ene Son, ovschüns et heeß, et künnt kei Kind mih krijje; dobei es et ald em sechste Mond. För unsen Herrjott es evvens nix unmüjjelich.« Do saht et Marie: »Jo, ich ben däm Här sing Mäd. Et soll esu kumme, wie do et jesaht häs.« Donoh jingk der Engel vun im fott.

Wie et Kresskind op de Welt kom

(nohm Lukas 2, 1-20)

Domols hatt der Kaiser Aujustus befolle, alle Minsche en singem Rich en Störleste enzedrage. Et wor et eeschte Mol, dat mer sujet maht. Un et wor zo der Zick, wie der Quirinius der Bövveschte en Syrie wor.

Do trok jederein en sing Vatterstadt, för sich endrage ze loße.

Vun Nazareth en Jaliläa us maht sich och der Jupp op der Wäch, för erop noh Bethlehem en Judäa ze kumme. Dat es de Stadt vum David, vum däm hä avstammp. Hä wollt sich do met singer Bruck, dem Marie, opschrieve losse. Et Marie wor en jesänte Ömständ. Un wie se jrad do aankome, kräch dat Marie si Kind. Et hatt singe eeschte Son op de Welt jebraht. Et dät in en Windele weckele un en en Foderkrepp läje, weil em Jasshuus kein Plaaz ze finge wor.

En der Nöhde joven en der Naach Heete op ehr Häde aach. Op eimol kom ne Engel vum Herrjott op se aan, un däm Här singe helle Jlanz strohlte öm se eröm. Se woren verschreck un bekomen et met

der Angs ze dun. Der Engel ävver saht inne: »Hat kein Angs! Ich verkünden üch un alle Minsche en jroße Freud: Hück es en der Stadt vum David der Retter jebore; hä es der Messias, der Här. Un dat soll för üch et Zeiche sin: Ehr doot ene Weckelditz finge, dä en ener Krepp litt.«

Un op eimol wor bei dem Engel en janze Häd vun himmlische Heerschare, die dä Herrjott lovven dät un saht:

»Jott em Himmel jehööt de Ihr,
un op der Äd es Fridde
bei de Minsche,
die hä jän hät.«

Wie die Engel widder fott wore, sahten de Heete förenein: »Kutt, mer jon noh Bethlehem, ens sinn, wat do passeet es un wat der Här uns hät wesse losse.« Su sin se dann flöck hinjelaufe un fungen et Marie, der Jupp un och dat Kresskindche, wat en der Krepp loch. Un wie se dat jesinn hatte, han se wigger verzallt, wat inne üvver dat Kind jesaht woode wor. Un all die Lück, die dat hooten, däten

sich wundere üvver die Wööt vun de Heete. Ävver dat Marie verwaht sich alles jot em Hätze un simeleeten drüvver noh. De Heete jingke zeröck bei ehr Deere un däte Jott priese un lovve för all dat, wat se jehoot un jesinn hatte. Et wor jenau esu jewäs, wie et inne jesaht woode wor.

Huhjelehte Häre kome, för et Jesuskind aanzebedde

(nohm Matthäus 2, 1-12)

Wie Jesus en Bethlehem en Judäa op de Welt kom – dat wor zo der Zick, wo der Herodes Künning wor –, kome huhjelehte Häre us dem Morjeland noh Jerusalem un frochten: »Wo ka'mer dä neujebore Künning vun de Jüdde finge? Mer han jesinn, wie singe Stään opjejangen es. Mer sin jekumme, för op de Kneen vör im ze falle.«

Wie der Künning Herodes dat hoot, woot hä janz verschreck un met im de Lück en Jerusalem. Hä leet all de Huhepriester un Schreffjelehte us singem Volk zesammerofe un frochten se, wo der Messias jebore wööd. Un die han jesaht: »En Bethlehem en Judäa; dann esu steit et ald bei de Pruphete:

Un do, Bethlehem em Land Juda,
do bes op keine Fall de kleinste
unger de Fööschtestädt en Juda.
Us deer kütt ens ne Föösch,
dä der Heet sin weed vun mingem Volk Israel.«

Donoh reef der Herodes höösch de huhjelehte Häre bei sich un leet sich vun inne sage, wann dä Stään opjejange wör. Dann scheckten hä die drei

noh Bethlehem un saht inne: »No joht ens hin un lort noh däm Kind! Un wann ehr et jefunge hatt, loht et mich wesse. Dann jon ich och för et aanzebedde.«

Noh de Wööt vun dem Künning mahten se sich op der Wäch. Un dä Stään, däm se ald lang jefolch wore, trok vör inne her bes aan die Plaaz, wo dat Kind wor; do blevv hä ston. Wie se dä Stään do ston sohche, han se sich ärch jefraut. Se jingke en dat Huus un sohchen dat Kind bei singer Mutter, dem Marie. Do feelen se erav op de Kneen un däten et aanbedde. Dann mahten se ehr metjebrahte Kessjer op, hollten Jold, Weihrauch un Myrrhe erus un joven et däm Kind.

Weil ävver der Herrjott inne em Draum jesaht hatt, nit mih nohm Herodes zoröckzejon, mahten se öm Jerusalem ne jroße Boge un troken op enem andere Wäch op Heim aan en ehr Land.

Wie Jesus un sing Eldere stellches noh Äjypte troke

(nohm Matthäus 2, 13-15)

Wie de huhjelehte Häre widder fott wore, dät sich ne Engel vum Herrjott däm Jupp em Draum zeije un saht för in: »Stand op, nemm di Kind un sing Mutter un jangk tirre noh Äjypte! Bliev do esu lang, bes ich deer jet andersch opdrage! Der Herodes well dat Kind söke un et ömbrenge.« Su stund der Jupp noch en der Naach op un trok stellches met däm Kind un singer Mutter noh Äjypte. Do blevv hä bes aan et Engk vum Herodes. Domet wood dat Wohrheit, wat der Här durch de Pruphete jesaht hatt: »Us Äjypte han ich minge Son jerofe.«